은유의 힘

은유의 힘

초판인쇄 | 2019년 6월 10일
초판발행 | 2019년 6월 20일

지 은 이 | 이성호
편집주간 | 배재경
펴 낸 이 | 배재도
펴 낸 곳 | 도서출판 작가마을
등   록 | 2002년 8월 29일제 2002-000012호
주   소 | 부산광역시 중구 대청로 141번길 15-1 대륙빌딩 301호
         T. 051248-4145, 2598   F. 051248-0723   E. seepoet@hanmail.net

ISBN 979-11-5606-124-3 03810   ₩10,000

※ 본 도서는 2019년도 부산문화재단 지역문화예술육성지원사업으로 지원을 받았습니다.

은유의 힘

이성호 시집

도서출판
작가마을

　2017년 발간한 시조집『꽃물 든 탑을 보며』이후, 지난 2년 동안 약 200여 편의 시조나 시 작품을 발표하고, 퇴계학부산연구원을 비롯한 유림단체, 문인들의 모임이나 각종 학교 등의 기관에서 강의를 하거나 책을 읽으며, 바쁘게 시간을 보냈다.

　세상에는 시의 모든 뜻이 궁극적으로 지향하는 한 사람의 시인이 있을 수 있고, 저명한 미래학자나 예언가들의 예측을 종합해 보면, 지금 인류는 새로운 문명을 수용할 만한 시점에 와 있으며, 인류가 구원받기 위해서는 하나같이 지금까지의 가치나 철학을 근본적으로 바꾸어 생각할 수밖에 없는 임계점에 와 있다고도 한다.

　그런 뜻에서 인간 정신의 진수인 시는 인류를 구원할 최후의 구심점이며, 새문명의 불빛인 '동방의 등불'을 밝히는 것은 영광스러운 겨레의 소망이라 본다.

　지난 10여 년간 쓴 작품 가운데 자유시만 골라 '은유의힘'이라는 이름으로 65편을 묶어 세상에 내보낸다.

　여러분의 따가운 질책과 격려를 바라면서…

2019년 6월

저자 이 성 호

이 성 호
시집

차례

은유의 힘

제2부 먼지를 털다

이성호
시집

제3부 은행나무 청춘

은유의 힘

제4부 독후감

이성호
시집

제1부

아, 부끄러워라

아, 부끄러워라

이 세상 다하는 날
염라대왕 앞에 선 나는
"너는 왜 시킨 대로 하지 않았느냐?"

눈물의 오솔길, 가시밭길을 걸어
뒤에 남는 영광을 택하지 않고
자주 마음을 바꿔 제 뜻대로 한평생 허둥거리며
잘못 살아온 나를 두고
"다음 생生에도 그렇게 살겠느냐?"
다시 묻는다면
아, 부끄러워라 고개 들지 못하리.

맛있는 시

아버지께서는 늦가을이면 으레
딴 감을 짚단이나 단지 안에 넣어
집 뒤 처마 아래 놓아두신다.
깊어가는 겨울
새삼 군것질이 뭣인지도 모르는 나는
아버지가 넣어둔 감을 몰래 하나씩 꺼내 먹는다.

달다.
왜 요즘 시는 그 홍시 같은 맛이 안 날까
떫지도 그렇다고 시지도 않고
마냥 한 가지 텁텁할 뿐이다.

미의微意

내일이면 기약 없이 먼 곳으로 길을 뜬다는
어릴 때의 친구
무슨 치매 초기라는 진단을 받아 종종 삼사일 결식을 해 온
그의 마지막 부름이라는 연락을 받아
오랜만에 식사를 하면서
근황을 주고받으며
시간을 보냈다

돌아오는 길에 단돈 삼만 원을 봉투에 넣어
겉에 미의微意라 적어 놓고 나왔다.

원추리 꽃

원추리 꽃 보았다
두 가랑이 잎사귀 사이 뽑아 올려
꽃대를 하늘로 치켜세우고
흔들리며 피는 꽃
야생화 천국 산비탈 벼랑 따라
바람소리 먹고 잘도 큰단다

한 때의 고뇌와 갈등 재우며
고개 내밀며 묻고 있다.
너는 뭘 하느냐?

깨꽃

쭉 흘어서
둥근 소리가 난다.

덮인 물결로
살을 붙여 일어서는
햇발

숨 돌릴 틈도 없이
쏟아지는 이야기 속에
매달리다가

안고 갈 긴 여운의 끝
옷자락에 감도는
음률

입동의 나뭇가지

불쑥 팔뚝을 내어밀며
동그랗게 눈을 뜬다

잠깐 쉬었다 갈
몇 낱의 잎사귀
손님처럼 붙들고

고 작은 흔들림
고운 물결이 스쳐간
자리마다
발그레 파문이 인다

공원에서

다치지 않게
발목이 시리지 않게 걸을 일이다
새발에 피
제법 철든 아이처럼
무수한 잎들이 떨어져 몸져 누운
널브러진 언덕 위로
수심 재우고 걸을 일이다
가뭇가뭇 잃어버린 추억의
밟혀진 잎들을 일으켜 세우며 걸을 일이다.

회상回想

빈집 소 들어 간다
약간은 향내 나는 마구간
굿판 벌리던 새들이 떼 지어 날아와서는
노래하는 아침
닦인 하늘만큼 고여 오던 슬픔을
걷어낸 어머니 치맛자락
일어서는 하루가 물을 마신다
어두운 영혼을 깨우던 소리
물구나무 선 생의 되새김 속에
세월이 가고 그림이 된다

바보 어른

벌이 날아 와
손가락 끝에 앉아
쉼 없이 원을 그린다
무슨 시를 쓰고 있나
얼룩무늬 테를 두른 잠자리같이
제 자리 회전을 거듭하다가
무슨 꽃 봉우리인가
꿀도 없는데
입으로 훅 불어 날려 보낼까
아니, 아니, 끝까지 지켜봐야지
그놈이 아픈 침을 놓지 않을까
계절을 가을인가 착각했나봐
양지쪽 볕살 받아
모여 앉아서
참으로 예쁜 아이 아이들같이
바보 어른
행복해, 행복해 한다

작은 시인

꽃나무에 물을 주던
지난여름 텃밭에서 만났다
높이뛰기 선수
작은 비단 개구리
고 조그만 놈이
한참 앉았다
멀리 높이 뛰어 놀라게 한다
풀적풀적
미나리꽝 속으로 뛰어 들어가
미나리 순 붙잡고
장난을 할 모양이다
작은 왕국 하나 만들어
임금 노릇 하기는 식은 죽 먹기다
나는 한참 바라본다
내가 지금껏 쌓아놓은 재주라는 게
별 게 있는가
자꾸자꾸 뒤돌아본다
저놈보다 나은 게 있나
차라리 네가 시인이다

숲에서

아직은 사람보다 나무가 더 많은 것이
여간 다행한 일이 아니다.
전쟁보다는 평화
미움보다는 사랑
이별보다는 만남이 넘실거리는 숲에서
볕과 그늘이
나란히 서 있는 것을 본다
외로운 섬 같은 너를 보면서
바람은 쉼 없이 왔던 길을 되풀이하고
그늘이 주는 크기로 볕은 열변을 한다
부대끼며 걸어 나오는 정오에
아직은 걸어온 길보다 걸어갈 길이 더 많은 것을 안다.
그 폭이 차츰 가까워지다
바뀌어 질수록 더욱 아득한 하늘
나무도 노래하고 사람들도 따라 흥얼거리는
언덕을 뒤로 하여
말씀이 주고 간 기쁨의 크기로
걸어가는 시간이 된다.

빈곤

그림자다. 빈곤貧困은
앉을 때나 설 때나
차가운 겨울 지붕의 눈이다. 바람이다.
무너지는 도시의 담 너머로 뛰어든
방랑자
그 불안한 밤에 쫓김을 당하여
뛰어든 사나이
사람의 말귀를 알아듣고
사람 된 말귀의 바람 그 주인이다.

수확收穫

낟알 하나의 무게가

일만一萬의 눈을 달고 있다

꽃샘의 설렘도

새의 울음도

소낙비도

뜨거운 염천炎天의 긴긴 날 뙤약볕도

지금 기쁨의 땀방울에 녹아 들어가

맺히는 그리움

외길 평생을 가꾸던 내 아버지

내 아버지의 손이 지금 익어 떨어지고 있다

은유의 힘 이 성 호 · 시집

제2부

·

먼지를 털다

·

·

·

시인詩人이여, 자폭自爆하라

시가 시 답지 않은 세상에 살고 있다.
우울한 산문의 시대
목소리 큰, 키 작은 아이들이 열 지어 선다
상賞 받으러
헌집을 새집이라 우기고
남의 집을 자기 집인 양
뻗대는 철없는 아이
고운 길 열린 창으로 별이 내리는 밤
하얀 밤 밝히며 고뇌하는 아픔을 보았는가
언어의 폭포 속에서 자폭自爆하라
아무런 감동도 격랑도 없는
잡동사니를 고무줄처럼 늘어놓고
시라 우기는 그런 시대에
차라리 글품을 가위로 자르고 일어설 일이다
시인이여 깨어나라
시대의 칸막이에 불을 지르고 자폭하라.

R. 타골

그날 내가 본 망토
분명 나의 옷인데
빈둥거리며 보낸 회한의 오십여 년이
바둑이나 두다
산에나 가고
키보드나 두드리며
물이나 주는 무료한 일상
별이 빛나는 밤
돌아 온 그이의 손을 빌어
꿈속에도 번쩍하는 그 의기義氣를
다시 살려 시로 일어선다면
키 큰 이의 발걸음
시린 눈가에 이는 아픔으로
한밤 우뚝 빛나던 큰 별
수만 리를 건너뛰는 영혼의 여행으로
그대는 불씨를 묻었지만
아직은 밤, 새벽은 멀다
동냥 깃으로 얻어온 때 묻은 언어로
집을 짓기는 아직 이르다

제라륨

너를 볼 때마다 유형流刑의 눈물을 본다
덜 밴 향으로 치장하다
새벽이 되면
어둠 헤치고 온몸으로 그림을 그리다
타오르는 여린 몸부림, 남은 불꽃이
밝은 삼동三冬을 알리는 바람소리 고갤 넘는데
아직도 간지러운 너의 허리쯤
피어오르는 안개 같은 기다림의 눈을 뜨고
꽃잎의 부드러움이 신선한 촉수로 잠을 깨운다
차츰 햇살이 퍼져 동녘의 창틈을 비집고 들어올 쯤
작은 모둠발로 온몸을 일으켜 세우며
느릿느릿 기어가는 늦겨울의 게으름 많던 어둠 밀쳐낸 뒤
이빨을 드러내어 웃으며 메아리 된 여인
남은 기운이 몸살로 멀미가 되는
그대 노래의 가쁜 기다림 속
봄날 잔디가 자라는 모습이나
푸른 별이 뚝뚝 떨어져나간 동녘 하늘 모서리
확 퍼져 건너오는 바람의 부드러움으로
마침내 일정한 거리 균형을 이루어
내 작은 영역을 가꾸며 헤엄치기 시작한다

가을이 아름다운 이유

가을은 살아있는 건물의 뚜껑을 열고 온다
등굣길 막 뛰어나오는 아이들의
발자국 따라
햇살이 팔짝팔짝 뛰어들고
건너편에서 바라다보기만 하는
나는 햇볕을 쬔다
잠자리 날아 앉는다
금박지 같은 손 등 위로
겁 모르고 날아 앉는다
기름을 발라 놓은 과자 같다
가만히 잡을까 말까
판단이 서지 않는다
거리는 갑자기 환해지고
일 년 중에서 가장 아름다운 노래가 터져 나온다

병病을 앓으며

LG 서비스 센터에 와서 알았다
병病도 만든 이가 따로 있어 잘만 되면
화타華陀를 본다
대수롭지 않은 돌덩이 엉덩이 찍어
바위가 깨어져 돌아오는
부자유不自由
잘못의 그 뜻을 깨쳐 되찾은 자유
황금의 시간이 어깨 위에 얹히고
넓어진 창 너머로 물결은 역사가 되어 드러눕는다
마찬가지다
알뜰 폰 캄캄한 밤이나 엉덩이 찍어 망가진 다리나
불이 오기는
화들짝 고운 얼굴에 시가 되고 노래가 되는
그 고운 세계에 눈 뜨는
몸의 일차적 이유
시詩를 논하고 세상을 따지며 병을 말하는
현대인의 마지막 걸어갈 길을 찾으리

*화타(華陀) : 전설적인 고대 중국의 명의

무궁화 無窮花

갓 끼운 코뚜레의
물기가 여물어가는 늦여름
음매음매 엄마 찾는 송아지 울음
그 울음 꽃잎에 묻어 들어가
차츰 여물어 붉어진 자리
하루해 느릿느릿 황소걸음으로 걸어 나와서
마침내 활개 찬 걸음으로 실려서 오는
장꾼들의 씩씩해진 걸음
서너 마당 빙 둘러서 차라리 헐값에 팔아치우고
서둘러 걸음을 재촉하는
잘 생긴 이마빡의 높아만 가는 하늘
환히 웃으며 남은 돈을 헤아리고 있을 즈음
풋고추 마지막 문대어 으깨놓은 된장 덩어리 묻혀
한 입 가득 호호 불어가며 막걸리 한 잔 죽 들이키고
걸음 재촉하던
그놈의 소달구지 같은 해가 느릿느릿 저물어
방안 가득 실려 나오던 햇발로
씩씩거리며 따라오는 그림자
그 그림자 꽃술에 들어가 마저 붉은 몇 그루 무궁화

화수회花樹會

핏줄을 곧게 세워
그리는 고향
날과 씨 엮은 피륙 이어 닿아서
따뜻한 기운이 흘러내리네.
마음은 한 달음에 건너뛰는데
처음과 한 가지로 묻어나오는
그 향내 진하게 물이 들어서
맞추는 덕담으로
하나 된 하루

하늘 곳간

하늘 곳간에는 바람이 집을 짓지
살고 있는 울 너머로
간혹 구름도 가까이 오고
햇살도 옷을 덮어 가려 주지
차고 매운바람이 살을 문질러
불을 붙이고
부지런히 피고 지는 나뭇잎
쌓여 쌓여서 더욱 기름진 순간
주인이 따로 없고
누가 퍼내어 담아가도 그냥 웃고만 있지
하늘빛 곱게 채워 물이 드는 언저리
넘쳐나는 물로 씻어 속을 채워 주지
일 년 내내 물과 불 그리고 바람
그 아름다운 곳간의 끝없이 펼쳐진 바다
타는 불 속 비워낸 손길이 모여 모여서 원을 만들지
햇볕이 골고루 달구어 익어가는 낱알
가득 채워서 넘쳐나지
하늘 곳간은 언제나 넘쳐나지

송엽국 松葉菊*

볕 좋은 봄
먼저 눈 뜨고 마중 오는 이
누가 게으르다고 했나
더운 고향 그 검은 흙 품에 안고
먼 이국異國으로 날아와
뿌리 내려 크는 쌍떡잎 꽃
덩이덩이 올 고른 속씨 들앉아
빽빽한 어둠 몰아내고
쳐 들어온 너의 식성 좋은 몸으로
우쭐하다가도
비 온 뒤 화단의 작은 뜰마다
아무렇게나 처박아 놓아
성큼 성큼 머리 내밀고
무수한 비늘 속에
펴다 오므리기를 반복하며
진하게 빽빽이 모여 있거늘
누구 대적할 이 나와 보렴

---

*송엽국: 사철 채송화. 꽃말은 나태, 태만.

어떤 잠언箴言

거부해라
근심 걱정을 거부해라
숨어서 해부하는 무서움의 칼날로
이빨을 갈고 거부해라
부딪쳐라
맞닥뜨려 일어서는 말로써
사람을 보내며
허물을 감싸고 들춰낸
비밀을 묻어 두어라
그물과 덫과 활로 제압할 수 없는
단단한 껍질의 주인
말로써 다스림을 이겨내어라
거부해라
근심 걱정을 거부해라

까치 웃고 있다

한 쌍의 까치가 깨끗하게 옷을 차려 입고
가지 끝에 나와 크게 웃고 있다
마주보고 깍 깍 노래하며 웃고 있다
살아 있는 나뭇가지 사이
집을 짓다가 잠깐 일손을 놓고
꽁지를 좌우로 흔들며
무슨 신나는 일을 자랑하듯이 웃고 있다
바람 잔 가지 살피다
잔가지 입에 물고 와서는
집 짓는 목수의 저 능란한 몸놀림
가지런히 벽을 치고 지붕을 한창 다듬다
까치가 운다.
간혹 머리카락을 한두 날 흩어놓으며
잘 무장된 네거리 가지 사이로 집의 기둥을 받혀놓고
세상의 들 나지 않은 근심 걱정 둘둘 말아
뭉게뭉게 피어나는 저녁연기쯤 여기고
서로 마주보고 웃고 있다
서로 서로 웃음의 크기로 여물어가는 집의 모양
자랑하듯이 웃고 있다

먼지를 털다

묻은 먼지를 어떻게 털까?
먼지떨이를 손에 들고
전후좌우 상하로 열을 지어 털어 나갈까
물로 씻어 말끔히 닦아나갈까
덕지덕지 눌러 붙어 엉긴 때가 된 먼지
그냥 털 수도 없고 씻을 수도 없는 먼지
앉아서 노래하고 기다릴 수 없지
문 열어 놓고 그냥 앉아서
바람에 날아가기만 기다릴 수는 없지
세상 이치 모두 같아서
마음에 묻은 먼지 어떻게 닦지.
하늘 보고 노래하고 춤추면 될까
내가 선 땅 덕지덕지 묻은 먼지뿐인데
어디서 어떻게 닦지
산 속에 들어갈까
감방에라도 들어갈까
누구 말처럼 대지에 입 맞추고*
큰 소리로 외칠까
내가 먼지를 덮어썼다고 외칠까

가슴 한복판 심어놓은 뿌리의 그 큰 끈

인연의 질긴 끈을 도려낼까

칼로 도려 햇볕에 내어 놓고 말릴까

* 도스토예프스키의 '죄와 벌' 에 나오는 '소냐'가 주인공 라스콜리니코프에
   게 하는 말.

원경遠景

장사바위 부처님의 웃음을 배워 볼까
바윗등 타고 올라
원경遠景을 바라다보며
항도港都의 대교大橋 너머
세상 얘기 불러 본다
작은 차 게딱지 되어 이어지는 널판 위로
물 건너 부두에는
열을 지은 크레인이
빙 둘러 치마 두르고 쭉쭉 뻗어 함께 한다
텅텅 빈 5부두는 기다림의 세월 끝에
바다는 숨을 죽여 역사를 읽고 있고
발 뻗어 내리 닿는 금정산 큰 형님은
황령黃嶺 장산萇山 아우들을 곁에 앉혀 두고
모난 돌 뭉구리며 한 터울로 섞었다가
꽃잎 떨군 가지 끝에 얼굴 들고 걸어 나와
초록기운 푸른 하늘 서로 이어 다리 놓고
묻힌 세월 끌어내어 웃음을 널러 편다

* 장사바위 : 영도 봉래산(蓬萊山) 중턱에 있는 큰 바위.

제3부

·

은행나무 청춘

·

·

·

바다는 1

암소였다.

우리를 빠져나온 소는

코뚜레와 고삐를 매달고

거침없이 골목을 빠져 내달리고 있었다.

― 복면覆面을 한 그녀는 눈길을 주면서도

모르는 체 항시 빠져나간 자유自由다

비에 젖은 몇 낱의 가재도구와

쏟아놓아 제멋대로

뒤얽혀 있는 책 사이로

바람은 쉴 새 없이 시간을 말리고 있었다.

문득 지구 끝으로 헤엄쳐 와

잠을 깬 내 머리맡에서

바다는 숨을 고르고 있었다.

바다 2

그림자가 흔들린다
지구 전체가 흔들린다
해바라기 하던 친구들이
저쯤 물러가고 난 뒤
산비탈 타고 오는 실바람에
풀잎은 몸을 부둥켜안으며 통통거리며 흔들린다
길이 된 나무 사이로
새들도 손바닥만 한 울음을
책보를 펼쳐 놓고 울고 간 뒤
지천으로 떨어져 그림자 된 꽃잎이
바다가 되어
한참 머물다 이내 나뭇가지 사이로 드러눕는다

바다 3

집이었다
각진 두 개의 기둥을 세우고
그 가운데 마루를 오려붙이고 있었다
덩그렇게 앉은 집보다야
차라리 오래된 미래
낡은 문지방 너머로
바다가 넘실거리고 있었다
자리를 깔고 눕는 바다
그 바다 아래 또렷이 난 길을 따라
털실로 짠 외투를 입은 그녀는
계절에 걸맞지 않은 복색服色으로 걸어 나오고 있었다

비비추

본시 발돋움해야 사는 너의 근성
굵은 기둥 턱 버티고 선 저 백합의 잘난 모습이나
마디마디 쌍을 지어 온 동네 향을 퍼뜨리는
인심 좋은 근동의 이름 있는 집이 아니라도
굵다란 다리발 사모하여 이룰 수 없는 아픔
연한 손바닥 끝을 넓게 펼쳐
하늘 감아쥐고 한 방향으로
비스듬히 드러누워 머리 드나니
촘촘히 어깨 열 지어 흐르는 바람
구름결 그리고 안개비 보태어
이렇게 청초하게 섰나니

나팔 불지 마라
잘났다고 뽐내지 마라
한 번은 누구나 이 세상 만나고 가는 것
그 하잘 것 없는 계산 버리고
그냥 있는 그대로 바람에 맡겨 흔들리며 살 뿐

겨울채비

몸의 무게를 줄여야 살 수 있는
나무는 물든 잎을 떨어뜨려 나를 줄이고
겨울잠을 청하는 찬피동물들은
되레 몸의 부피를 늘여 긴 동면에 들어간다
기름기 있는 살의 거죽을 늘여
두꺼운 벽 앞에서 무언의 무장으로 나를 가린다
한 나라를 다스리는 군왕은
철저한 대비와 보양으로 담을 쌓고 기를 내걸어
거친 항해의 돛을 올린다
버리자 가벼운 몸, 무게를 줄이고
다시 태어나는 준비를 하자
욕망의 끈을 끊고 곳간에 모아둔 양식을 꺼내 나눠 가지며
마지막 소금이 되는
뼈의 사유로 집을 짓고
눈부신 알곡을 가려 차근차근 밤을 밝히는 시간을 맞자

다대포 바닷가

모래가 파도가 되는 다대포
물이 되다가 마침내 산이 되는 그림

바람이 온다
파도를 주무르다가
결이 고운 파도로 휘몰아 와서
마침내 떠오르는 모래언덕
잔등의 금빛 갈기 날리며 움직이는 물결무늬
낙동강 굽이쳐오는 그 은비늘 날리며 온다.

일몰이 온다
바람에 나부끼듯이
석양에 불타는 신비의 꿈의 비경을 헤치며
황홀한 한 순간을 붙잡고 넘어가는
읍소의 떠는 몸부림으로 펄펄 살아서 온다.

개펄이 온다
오랫동안 앓아누운 모래사장의
습한 내음과 그 메스꺼운 공기
타다 남은 얼룩을 모두 지우며 온다
바짓가랑이 낙지 조개 더불어
널브러지게 대동하고 온다.

관계없이

연체된 반납도서의 꼬리 끝에
붙은 하루가 눈을 뜬다.
남은 시간은 무한하고
일찍이 권태가 빚은 무료함으로
싹둑 잘라내어
시치미 떼던 끊어 읽기
퍼서 나르던 노작의 손놀림으로
얹어 오던 사유의 찻잔
커피스푼으로 떠올리던 하루분의 양식을 두고
관계없이 길을 나선다
추억의 아름다운 시간이 없어도 좋다
더러는 끝없는 항해이거나
예비 된 길의 모서리 끝에
뜻밖에 마주치는 눈부심이라도
으레 빗나가기 쉬운 굳어버린 근성
끄나풀 위로 출렁이는 강물을 보고
남은 허리쯤 흐물흐물 주무르던
더 이상 긴장될 수 없는 빅딜

할미꽃

애초의 부끄러움 껴안고 서서
보이지 않은 가슴 다독거리나
물기 젖은 꿈이 부풀어
눈을 뜨다가
갈수록 넓어가는 바다 속에서
굽은 허리 떠밀려 헤엄치다가
매운바람 몸에 감고
마을 가는데
잠결에도 까무러쳐 설렘이더니
꽃잎을 한 잎 두 잎 떨어뜨리며
끌어내린 볕살 속에
얼굴 감추고
은실로 풀어내어 토하는 아침
얼마나 아픈 세월 견뎌냈으면
모두 모두 다 비우고 가벼워져서
그 누구 찾아 나서 몸을 감추나

좋아하는 이유

그냥 보면 안다.
사람들은 왜 가만있기보다는
끊임없이 움직이기를 좋아하는지
시도 때도 없이 먹고 마시고
이야기하기를 좋아하고
무엇을 만들고 그리고 읽고 쓰기를 좋아하는지
웃으며 시간을 보내다가도
주어진 삶의 갈래를 지어
생각하고 느끼고 즐거워하기를 좋아하는지
흐르는 물, 휘날리는 바람
타오르는 불 속에서도
끝없이 바뀌어 지기를 기다리며
세상의 틈서리에
짬이 나면 짧은 거리라도 건너뛰어 의미를 붙이고
가슴에 용광로를 만들어 앉히며
한 단계 한 단계 거슬러 올라가 노래하기를 좋아하지
그리고 봉인된 편지를 뜯어 의미를 붙이고
사람들의 목소리를 포개어 앉히며
서로 얼굴을 들고 자랑하기를 좋아하지

은유의 힘

가령 시에서 은유를 찾는다면
바다의 진주眞珠에서 아픔을 찾는 일만큼이나
아름다운 일이다
그건 눈이다. 흐드러진 상처 입은 눈이다.
눈으로 연결 되어 가슴에까지 치고 들어와
마침내 서로 맞추어 보는 거울
짝을 지어 걸어 나가는 것을 보는 일이다.
그 때 세계는 접히는 관계로 얼굴을 들고
손짓을 한다.
사람들은 시도 때도 없이
마시고 자고 노래하고 별별 짓을 다한 다하지만
보이지 않는 곳에서 보이는 것을 꺼내
주름을 만들고 집을 지어 앉힌다.
렌즈를 갈아 끼운다.

렌즈의 크기로 떠서 너는 사람들의 얼굴
그리고 사라져 간 모든 것이
다시 돌아 와 이름을 건다.

은행나무 청춘

나무의 늘어진 가지 끝에
춤추는 푸른 잎이나 붉은 꽃만이
청춘이 아니다
떨어지는 잎도 낙엽도
웃자란 나무 끝에 붙어
하염없이 갈 길을 재촉하는 저 벌레 먹은 듯한
무수한 눈도 다시 보면 청춘이다.
노랗게 물이 들어 빗물같이 떨어지는 잎도
피어나는 초록의 눈이나 꽃보다
더 아우성이다
활활 타서 마지막 하고 싶은 말을 모조리 꺼내들고
저 열변의 가지 끝에 밀려오는 물결을 보라
더러는 가로의 먼지를 털어내며
갈 길 바쁜 이의 발걸음 붙들고
삶이란 그런 게 아니라고 나긋나긋 속삭이는
저 여유 있게 익어가는 모습을 보라
살벌한 지축을 덮으며
아픔의 물살 짓는
깃들인 시간의 녹록한 풍요로
말하고 노래하고 꿈꾸는 얼굴

그늘의 덕德

그늘은 항상 뒷자리에 서지만
햇볕과는 서로 마주보는 곳에 있지만
따뜻하다
햇볕보다는 더 따뜻하고
눈에 잘 띄지 않은 곳에 있어
안전하고
보다 낮은 이의 발걸음으로
노래하기를 좋아한다
반짝이는 햇살의 몸놀림 속에
글썽이는 눈물의 씨를 받아
싹을 틔우다
그 보이지 않은 손의 움직임으로
발을 씻고 얼굴을 닦아
마침내 아픔을 훔치는 이 엄연한 힘
그늘의 덕德

걸음

걸음은 앞을 보는 일이다
뒤를 돌아보지 말고
미련을 떨쳐 버리고 다시 일어나
끊어졌던 인연의 고삐를 죄며
마주하는 일이다
탄탄한 큰 길만이 아니고
가시밭 낭떠러지
더러는 어둠이 도사린 오솔길에서도
귀한 사건의 여울을 지나 햇볕 뒤의
아름다운 그늘의 냄새를 찾아
리듬을 타고
가슴적시며 나서는 일이다
그렇다 무수한 시행착오의 아픈 마디를 지나
눈물겨운 정감의 잔영과 추상같이 내리는 내면의
뼈아픈 시간을 달게 받으며
묵묵히 걸어 나가는 길이다
새 길을 찾아 나서는 일이다

제4부

독후감

오후 한 때

참 편하다
너그러운 하늘
더 너그러운 바다
물빛 어울려 하나가 되다
햇볕이 온통 드러누워
발기발기 벗겨놓은 산기슭
바위 밑에서
잠시 바람도 길을 비켜선다

독후감

어느 중견 여류시인[1]은 "그대 오직 한 사람, 천상의 시인이라" 부르고

동도同道의 어느 선배 문인[2]은 "그대에게 청마靑馬의 깃발을 걸어 드린다." 했으며

어느 평론하는 총장[3]은 "그대 작품이 어쩜 고전이 되어 남으리라" 평을 하고

평소 존경하는 가까운 원로 문인[4]은 "천재天才의 향연에 탐닉한 즐거움을 맛본다."고 했다.

과찬이다. 누구나 착각은 있기 마련이며 제 눈에 안경이라는 말과 함께 거리를 두고 각기 달리하는 평단의 애깃거리로

누구는 동향同鄕의 후배라고, 누구는 동인同人이라고, 누구는 한 솥 밥 먹는 접힌 빚의 빚으로 서로 상을 주고받으며, 더러는 술을 사고 이름을 내고 마침내 위대한 환희의 바다에 함께 뛰어들기도 하려니와

설사 죽어 몇 편의 시가 별이 되어 빛난다 한들

　아픈 형제들 머리 위에 한 줄기 향의 들기름이 되어

솟아남만 못하나니....

* 이성호 시조집 『꽃물 든 탑을 보며』를 읽고 보내온 단신
　1)는 〈시문학〉 등단의 백영희 시인, 2)는 〈시문학〉 등단의 한경동 교장,
　3)은 〈현대문학〉 등단 평론가인 김용태 총장(고), 4)는 〈조선일보〉 신춘문예
　작가 김상남 선생님을 말함.

독일인 마을

액자소설 같은
떠 있는 작은 섬 속에 있는 마을
일정한 이정표 지도 속에
목표가 되는 주요한 건물
집안에 쌓아둔 가재도구를 꺼내들고
함께 그림을 그리며
하루를 바다 속에서 가꾸는 곳
가려진 지난날의 눈물과 땀
더러는 먼 거리의 저쪽 푸른 눈을 가진 사람과
끝없는 대화를 나누며 길을 만드는
사랑이 익어 그대로 떨어져 돌아와
시가 되고 노래가 되는 하루
끝없이 쏟아지는 폭포
성을 만들고
굽이굽이 길목마다
잊혀 진 얘기들이 흘러나오는
누구보다 일찍 일어나
잠의 두꺼운 이불을 개고
민낯으로 가꾸는 얼굴 속에
손을 맞잡는 사람들

숲의 바다

겨울에도 바다 속같이 시치미 떼고
따뜻함으로 서로 어루만지며
끊임없이 살아있는 즐거움을 나누는 이들
가령 사철나무나 동백나무처럼
잠시 볕이 나기에 바쁘게
두 손을 한껏 벌리고
반짝이는 저 수많은 눈의 떨림
열매를 맺고 꽃을 피우거나
원추리 꽃차례로 꽃이 되다가
가을이면 바쁘게 둥근 몽우리마다
검은 낟알의 열매를 앉혀
바람결에 흔들어 보이는 다정큼나무나
잎과 꽃을 모조리 떨어뜨리고
날이 센 발톱을 들어 할퀴고 선
화살나무나 엄나무 되어 시린 손을 비비며
생살을 문대어 들내는 모습
모두 모두 바다 속으로 뛰어 들어와 노래하는 것은
마찬가지다

세월

세월이 밀물이 되어
한꺼번에 밀려 올 때가 있다
양지쪽에 앉아
책을 읽다가
하늘과 바다를 번갈아 쳐다보며
함께 보다가
어떤 놈은 벌써
꽃눈을 띄어 노랗게 물이 들어
종종종 뛰어들 오고
또 어떤 놈은 작은 가지 끝에 앉아
빤히 쳐다보기도 하는데
허리가 굽은 할머니는 큰 바위 밑에서
두 손을 벌여 지팡이도 짚지 않고
한 아름 햇살을 안고 걸어오는데
이를 본 이웃들이
세월이 오는 줄도 가는 줄도 모르고
흐드러지게 웃고만 있다

진주眞珠

누가 그의 눈에 고인 아픔
어둠을 걷어 눈물의 샘을 훔쳤나요
누가 보석의 이름을 붙였나요.
볼수록 막힌 공간에
얼굴을 묻어 노래하는 꿈으로 길을 내었나요
끌어 모은 기억의 곳간
끌이나 칼, 망치로 두드리고 깨뜨려서
마침내 덧난 상처가 빛이 되어 잠을 깨었나요
꿈은 꽃이 되고
다시 접히어 이슬 머금은 눈물 속에
독이 젖이 되는 환생還生의 금
맺힌 사슬이 끊어져 눈부신 빛으로 섰나요
향香이 되어 스며들었나요
마지막 한 점의 소금기까지 걸러내어
불을 켜고 그림을 그려 걸어놓았나요

파시波市

소리가 길을 낸다
산판다리* 그 너머 손을 맞잡고
생선 배 몰려나와 시를 쓴다
소금 꽃 퍼 담는다
겨눈 창의 눈높이로
황금의 물결이 인다
산도 함께 흔들린다
떨어져 부려놓은 난전의 바다 위에
잠에서 깨어난 꽃들의 무게
비릿한 냄새가 한꺼번에 풀려난다
와삭와삭 뼈가 삭는 소리가 길을 내고
낯익은 거리에서 어둠의 강을 건너
외쳐대는 목소리로 팔려가는 바다 얼굴
퍼렇게 눈을 뜨고
꽃잎 되어 쌓인다
꽃이 쌓인다

*산판다리 : 부두와 배를 연결해 승객이 타고 내리기 쉽도록 걸쳐 놓은 나무 모
  양의 임시 발판.

달

뜨는 일이다
파도가 건져 올린 생의 곁가지
눈부시게 눈을 뜨고
물에 젖은 하루를 말리는 일이다
근원根源의 아픔을 찾아 불을 밝히고
끈을 이어 세상을 불러내다가
밧줄 끝에 모여 온 이야기들이
옷자락을 잡아 풀며
두드리는 창틈으로 얼굴을 드러내어
쏟아지는 잠
그리움에 목을 적신 그 자리
금을 그어 따라오는 일이다
파란 색 눈을 뜨고
지도地圖를 열어 보며
촉촉이 적셔오는 눈빛 속에
고인 어둠
하나하나 무너뜨리는 일이다

도크*

좀 긁어 주세요.

처절한 전투戰鬪의 현장, 상처 난 허리 꿰매어

바늘로 쿡쿡 눌러 찍어

마른하늘 번개처럼 눈을 치뜨고

좀 긁어 주세요

우두커니 선 눈의 높이로 어루만져 주세요

그대 머리맡 벗어둔 잠을 열고

하얗게 돋아난 기억記憶의 강을 따라

뭍으로 끌려 올라와

울타리 된 삶을 어루만져 주세요

길은 다시 만들어지고 배는 띄워져

차라리 바다는 안전한 거리

줄을 잡고 선 편안한 자리

살을 붙이고 아픔의 무게를 덜어

드러낸 얼굴

메아리 된 바다를 불러 주세요

보채던 삶의 신호信號

조금씩 허물어 닦인 그리움으로

노래가 되는 파돗소리

눈부신 파돗소리로 바다를 좀 닦어주세요

팍상한 폭포*

물은 그 뿌리가 어디일까
아슴아슴 피어오르는 안개를 뚫고
헤쳐서 다시 모이는
여기는 석회석 바위에 부딪쳐
흐르는 잔 돌과 함께
소리를 일구고 굽이를 만들어
들다 다시 숙이는
저 흔한 속성의 모퉁이
돌아 돌아서
이내 편안해지는 이유가 무엇일까
그 가지에 그 줄기에 피어오르는 잎들의
아득한 비상
날아오르는 뿌리를 보는가
나른한 얼굴 사이로
이름 없이 옥죄는 무게
물은 그 뿌리를 찾아
떠밀려 일시에 터져 나오는 두 갈래 길로
차라리 거대한 얼굴과 마주 선 절망

사공은 갑자기 노를 멈춘다

흔들리며 피는 꽃들이

부평초 같이 떠서 흐르고

구름도 멎고 산도 멎고

마지막 사람들마저 멎어

쏟아지는 눈부신 아픔의 절정

서둘러 비껴 갈 그루터기에

뽑혀 나오는 거대한 함성 뛰는 물방울

집이 되는 저 편안함

그 거대한 뿌리를 보는가

---

* 팍상한 폭포(Pagsanjan Falls) : 필리핀에 있는 세계 7대 자연경관의 하나.

파리의 강

파리의 빛은 강으로부터 온다
해가 뜨면 많은 강들이 파리로 몰려와서는
끝없이 이어져오는 사랑의 노래와
연인들의 발길로 강을 이룬다
12개의 도로로 나눠지는 개선문을 돌아
두세 줄로 늘어서 있는 너도밤나무
그 푸른 잎새를 따라 흐르는 강
공원에는 나무의 강이
시도 때도 없이 사태 져 흘러나오고
밤이 되면 어둠에 묻힌
세느강의 퐁네프다리 아래로
크고 작은 이야기들이 줄을 이어 강을 이룬다
씩씩한 청년들의 걸음걸이로 다가와서는
역사의 뒤안길에서 죽어 강이 되어 돌아 온
나폴레옹의 그 혁명의 눈이 부신 광장에도
부서져 하나 되는 목소리로 칼날의 강이 되다가
날이 밝으면 다시 에펠탑이 보이는 많은 빗금의 햇살
여행 가방에 묻어 온 자유로운 조응과 변혁의 굽이를 거쳐

교외로 뻗어나간 사람들의 강을 보면서
끝없이 이어지는 차들의 또 하나의 강을 보면서
만남과 이별의 크기로 되돌아오는
거리의 강이 된 그대를 본다

비엔나 숲

숲은 다시 소리를 이뤄 길을 보탠다
도로도 오선지가 되어 바람에 흩날리고
사람들도 건물도 더러는 높고 낮은 음표에 밀려 떠 있다
머무르면 안단테
오르면 메조 소프리노
자주 바뀌는 음색 따라
나부끼는 풀잎도 나뭇잎도
머리를 풀어 헹구며 길을 나선다
다들 춤이 되어 흐르는 도시
얼굴에 이는 꿈의 홍조가
하나같이 박자를 맞춰 열을 짓고
도시는 숲을 향하여 모두 모두 음악으로 하나가 된다
콩나물시루 위로 건반을 두드리며
맞는 가난한 손님
깨끗이 비질한 집과 지붕
붉고 푸른 꽃들이 내려 쌓이며
숲으로 열린 길 위에
한 떼의 가무단이

사람들의 발자국 따라 걸어 나온다

다뉴브의 물결로 오는 요한스트라우스

그 파란 눈을 적시며 오는 끝없는 노래와 춤

거대한 악보

보이는 모든 것들은 소리가 소리를 이어 덮는다

비엔나 숲

안개

낮에도 불을 켜고 기적을 울릴 때가 많다

어둠 위에 어둠을 모아

밝히는 불빛

환영幻影을 쫓아 더듬어 가는 길의 골짜기 끝으로

드러눕다 피는 꽃

어우러진 들풀 사이 쏘옥 머리 내밀고

캄캄한 전설 같은 길을 더듬어

조심스럽게 더듬어 올라가세요

손을 붙잡고 머리를 들어

닫힌 바다의 문을 힘껏 밀어 올리세요

우리 사랑을 탓할 수 없어요

스콜 지나고 스며든 틈 적시며 오는 손님

따뜻한 공기 차가운 수면水面

일어서는 작은 알갱이

정제整齊된 경계를 이어 꽃은 피고

잠시도 놓칠 수 없어요

경적을 올리세요

제5부

딸기 밭에서

세기의 사랑

노래의 강물이 되어
끊임없이 흘러나오는 당신의 눈물

동행同行*

이 세상 다 돌아도
머무르지 않는 달빛 뒤의 그림자

괭이밥

해마다 떠오르는 아픈 기억을
햇살에 문질러 비벼 보내고
분홍의 작은 꽃술
숲을 만들어
다 함께 노래하며 불러내거늘
오월의 볕 좋은 언덕바지에
지난해 잘려 나간 그루터기로
또다시 돋아나와 얼굴 다듬는
바람에 설레는 손을 섞으며
근심을 잊고 서서
쌓이는 말씀
한 오래기 실밥 풀어 점을 찍는가

삶

삶은 짐을 부리는 일이다
이 세상이라는 하나의 정거장에서
산다는 것은 지고 온 짐을 부리며
다음 생으로 건너뛰는 작업을 하는 것이다
성기거나 꽉 차거나
아물거나 덜 아물거나
제대로의 무게로 짐을 부리고 난 뒤
울음이나 웃음, 희열이나 고통
뚜껑이나 덮개를 열다가 닫다가
봉인된 아픔으로 시간을 재며
곰삭은 은유를 빚어
더러는 박힌 못 자국 빼어들고
또 하나의 역驛을 향하여
히히거리며 길을 나서는 일이다

목민심서牧民心書*

그대 눈부심의 뜰

쌓이는 근심은 가고

깊은 어둠 차가운 대지를 적셔

눈 뜨는 훈훈한 바람

깊이 든 잠 깨어

주추의 돌[礎石] 놓은 아픔이

이젠 외롭지 않다

목민牧民은 다스림을 받든 것

주면 줄수록 더욱 비워서 다시 차오르는

따가운 눈총을 뒤로 하여

일어서는 불의 힘으로

잠 깨는 역사

거죽을 깔아

흐르는 시간의 울

끝없이 거룩하여라

* 목민심서(牧民心書) : 지방관을 비롯한 관리의 올바른 마음가짐과 몸가짐
에 대한, 다산의 책.

가산㯲山*을 읽으며

너는 바람으로 온다
손들어 감기우고
감긴 자리 물이 들어온다
걸어놓은 안테나에
푸른 하늘 풀어 놓고
돋아나는 떡잎 되어 출렁출렁 밀려온다
노래하는 그리움 속 그리움을 보듬고 온다
나무와 나란히 하여 키를 재며 온다
캄캄한 어둠 속에 홀로 나와 길을 닦는
그대 몸에 소리가 난다
방문을 열어 놓고 산천이 되어 있는
밤이면 우렁우렁 나는 소리
가난한 이웃들의 묻어 둔 삶의 속살
이야기로 풀어내어 강물 되어 밀려온다
들과 산도 들춰내고
계절도 뛰어 넘어
우르르 우르르 몰려서 온다
울음일 듯 웃음일 듯 경계를 지우면서
비벼대는 손끝마다 설움 한 점 덜어내고

고운 물 고운 물들어 온다

믿는 건 나무들의 키를 재는 일

내 키와 나무의 키를 맞춰 보는 일

그리움의 오지랖에 불을 붙이고

그대의 키를 나의 키로 잡고서는 일

듬직한 가슴팍에 뛰어 들어가

넓혀 간 눈물 자국 지워내는 일

내 믿는 아직은 나무의 키를 나의 키로 확신하는 일

덜 자란 나의 키를 나무의 키로 확신하는 일

* 가산(可山) : 소설가 이효석(李孝石)의 호, 여기서는 '이효석 전집'을 말함.

문텐 로드*

우리가 서로 사랑을 하면
알게 되지
슬픔은 꽃이 되어 잠기고
반짝이는 철길
드믄드믄 옷자락을 풀어놓은 바다
그 위에 뜨는 별로 설 수 있는 걸
우리가 걷는 이 길 위로
달빛도 때맞춰 손수건을 펼쳐 보이며
물이 들어 내려오고
이따금 파돗소리도 간이의자에 앉아
길을 접었다 풀었다 하며 양팔을 벌여
우리를 안아주곤 하지

설령 한낮이라도 마찬가지
한 밤 물고기자리 같은 열다섯의 별들이
삼각형을 만들다 한 줄이 되는가 하며
얼굴을 드러내어
굽이긴 길의 이랑 붙여진 이름 따라
바람도 걸어 나와

등불들을 내어 걸지
내가 알아듣지 못했을 뿐
나무는 설법을 하며
착한 그늘로 끝없는 이야기를 풀어내는데
비만의 녹슨 철길을 끊어
저 고구마 등줄기 같은 선으로
빽빽이 줄을 선 어둠을 걷어
마침내 길이 되지

물비늘 그물을 턴다.
가라앉은 그 너머 텃밭에 이는
돌아가는 꿈의 길 바투 매어놓고
들춰낸 햇살 동그랗게 눈을 떠
가만히 들여다본다
오래 묵어둔 그림자 하나 끄집어내어
실밥이 되어 풀려나는 고개
가끔 새들도 날아와 부리를 비벼대며
사랑을 하고, 둥치 큰 소나무나
사스레피나무의 검은 열매를 쪼다

더러는 파란 물감을 쏟아 떡칠을 하지
주황색 불빛에 홍당무가 되어
밤이 되면 퍼질러 앉아 바다와 한가지로
꿍하고 소리를 내지

* 문텐로드 : 해운대(海雲臺) 미포(尾浦)에서 청사포(靑沙浦)까지의 산책로
  (Moon-tan Road), '십오굽이 달맞이길'이라고도 함.

프리드리히 니체*를 위한 변론辯論

1. 난파된 배의 노래

처절하다
노래도 없다
들풀은 말라 있고 페인트칠은 벗겨진다
돌아온 항구마다
노을 속에 떠가는 배
심장에 불을 붙여 지피는 밤의 허리
밀려온 격랑 속에 침몰하는 문명으로

스승은 간 데 없고
교실은 문을 닫다

텅 빈 동굴
헤엄쳐 온 잠의 뿌리
돌들이 무너진다
소유의 어깨 너머
넘쳐나는 잔이 되어
쏟아지는 황금이며

뒷골목 살진 도시 길 떠난 어둠 되어
음란의 거친 몸부림
놀라 뛰는 여인네와 예측 없는 사냥꾼
한 세상 메워 치고 들어앉는 풍경 속에
여지없이 무너진다
대답 없는 메아리로
잃어버린 열쇠의 채워놓은 곳간에서
엉금엉금 기어가는 크고 작은 목소리들
사람은 살지 않고 목소리만 떠도는 곳
우울한 종교의 외침 없는 나팔소리
집 떠난 그 둘레에
몰락하는 바다 밑으로 가라앉은 배가 되어
존재의 벽 앞에서 무너지는 본질이여

2. 뒹구는 혀, 그 몸부림

항구는 난파되고 경고장을 받은 도시
실종된 피사체의 땀 흘리는 저녁노을
몸져누운 관절이 풍장 위에 일어서고

균형 잃은 갈매기 떼 골목마다 걸려 있다
마침내 비만의 도시
진리의 곡선에서 뼈들이 불에 탄다

대학은 무너지고
변론들은 흩어진다

수직의 선을 긋고 겨냥하는 총구 되어
짓밟힌 빌딩 위로 별들이 쏟아진다
회초리를 드는 불꽃
거짓말하는 시인이여
야위어간 바다 위로 수평선은 살아날까
채찍의 비명으로 다시 쓰는 저 보고서
팽팽한 어둠 속에 길을 찾아 헤매다가
펼쳐든 이랑마다 나부끼는 깃발 되어
하강과 몰락을 끊임없이 반복하는
천치天痴의 하늘 속에
망치 소리 들려온다
아픈 상처 도려내고 하얀 이를 드러내며

침묵하는 종교 속에 펼쳐지는 그림 된다

3. 접선, 그리고 온난전선溫暖前線

바람이 분다
책을 버리고
스승을 좇아낸 그 자리에
오만의 잠을 깨고
문명의 톱날을 썰어 저장한 곳간에
묻은 불씨 뒤척이는 기별이 온다
죽음 앞에 옷을 벗고 벽을 넘는 스승이여
질주하는 거리의 널브러진 동체 사이
나사를 조이면서 일어서는 성난 세계
곳곳마다 불이 붙어
마침내 병든 자본資本 불이 붙어 걸어간다

시대를 넘나드는
밧줄 하나 매어놓고

오욕을 씻어 내고 빈틈을 지운 다음

달은 떠 돌아온다

눈물 흘려 여는 길에

부딪쳐 피운 꽃이

어머니 자궁 속에 돌아앉아 오는 얼굴

넘나드는 숨결이며

어린이가 되어 간다

낮을수록 높아지는 깨어나는 너를 보며

세상의 문을 여는

신화神話 되어 내걸리고

죽은 자가 살아난다

물굽이 되어 밀려온다.

나는 법을 익히면서

그 거리로 날아든다

* 프리드리히 니체(Friedrich Wilhelm Nietzsche) : 19세기 독일의 철인.

세월은 길

두꺼운 잠의 이불을 걷어내자
구름은 멀리멀리 달아났다
뱃고동 소리에 얹혀
길을 트는 배들과
쏟아진 낙엽 속에 묻힌 계절이
한꺼번에 얼굴을 드러낸다
세월은 살맛나는 사람들의 이야기 속에
만들어가는 길
맞닥뜨려 일어나는 숱한 경험을
곱게곱게 감싸 안고
그 흔한 개똥도 약에 쓸라면 없다는데
개똥 쑥으로 노벨의학상을 받은 투유유*나
온기 묻은 흙을 파헤쳐 씨를 넣던
내 아버지의 아버지 이는 가슴에
알싸한 저녁이 그릇 위에 놓이고
그리고 한 다발의 향긋한 냄새로
하루의 책장을 닫을 무렵

*투유유 : 개똥쑥으로 300번 이상 실험으로 말라리아를 치료하는 특효약, '알르
테미시닌'을 만든 중국의 전통의학연구가.

춘화처리 春花處理*

눈 뜨자 퍼렇게 자라나는 식성을 아는가

자로 잴 수 없는 무게

낯익은 표정을 골라

줄을 세우고

맨 나중 늦게 나온 무리

낮은 자리로 불러내어

물로 끼얹어

두고 온 나그네 봇짐 풀어

익어가게 하는 봄

단축 마라톤에 나선 선수로 키워 볼 일이다

* 소련의 식물학자 리센코가 주장한 추파(秋播) 파종의 종자를 봄에 뿌릴 수
  있게 하는 저온처리 방법.

딸기밭에서

쌀알 한 알은 88번 손이 가야 입에 들어오고, 딸기 한 알은 500번 손길이 닿아야 그 맛을 볼 수 있다고 한다.

누구는 담뱃갑 은박지에 철필로 혼을 넣어 불후의 작품을 남겼는가하면, 누구는 3,000번이나 씨를 심고 거둬 들리는 실험 끝에 원하는 완두콩 하나를 얻었다 한다.

생명의 씨나 눈, 사유의 붓과 펜 허울 벗어 맨살 비벼 길이 되기는 마찬가지다. 볕 바른 지붕 아래 고이 든 잠 깨워 알을 품는 닭이나 잘 차린 비닐하우스 문을 닫아걸고 싹을 내어 적당한 크기로 끊어 팔려간 끈의 끝에 거친 숨소리 다독이며 펼쳐놓은 벌 펴다 오므리다 반복하며, 끝없는 객토를 비벼 넣어 졸음 쫓아내고 무더기무더기 피운 하얀 꽃, 그 아래 꽃턱 사이사이 길 내어 드디어 맺히는 아픔, 짐이 된 하루치의 어둠 갈아 먹고 기쁨과 슬픔 녹여 넣어 마침내 눈 뜨는 한 편의 시나 오랜 아픔과 기쁨 썩어 단물 뚝뚝 떨어지게 하는 것은 마찬가지가 아닐까.

행복

– 불현듯이 찾아오는 '행복의 순간'을 보나이다.

(R. 타골, 「기탄잘리 44」에서)

예를 들어서, 우리가 춤을 추고 성악을 한다고 한다면, 둘 다 트라비아타나 오르훼는 될 수 없지만, 한 권의 책 속에 거쳐 간 수많은 손과 손이 놓인 그 시간을 잴 수는 있으리라. 비가 억수같이 쏟아지고 난 뒤 당신과 나는 마주볼 수 있으리라. 마주볼 수 있으리라.

(1974. 7.)

* 트라비아타 : 베르디 가극의 춘희
* 오르훼 : 그리스 신화의 명가수

불협화음으로 맺어진 자리에서*

엇갈리는 칠흑의 생태가 보인다.
현상으로 산포했던 계시啓示의 씨앗이
침침한 호흡 아래 탄산가스로 화하고
오의奧義의 편린片鱗마저
열차의 굉음에 침투 되어
진공으로 달아나는 해탈解脫의 파편

시무룩한 염라閻羅에의 맥박
스무 촉광도 못한 전구에
불발하는 업業을 저주하고
티격난 섭리攝理
곤드라진 회전은 지어미의 얕은 사념에
세리世理를 빚어

항시 지심地心으로 향하는 의지

시효 잃은 불환지폐의 기능에 박차를 더하고
암거래의 계산에 완명한 사탄의 모습
자리 잃은 조엽凋葉의 명제命題

모놀로그 씹던 낭만의 뒤꼍에서
예리한 금속성의 호흡에는
가냘픈 동체의 혈맥이 뛰고
기압은 지레 맥박을 낳는다.

우주를 절박하는 암야暗夜의 파동

태양을 향해 죽어간 하현달의 여운이
노래로 변해야 …
발랄한 단심丹心의 피맺힌 사슬을 끊기까지는
대지를 승화시킬 천리哲理의 분출이 있어야 하고
나에겐 자타自他를 분석할 이성의 경장이 있어야 한다.

(1964. 11. 12. 경북대학보)

* 대학 1학년 때. 생애 처음으로 발표된(활자화) 작품임

〈부록〉

논단 : 「동방의 등불」과 유불선儒佛仙
〈退溪學釜山研究院〉
(2019. 3. 29. 시민문화강좌)

부산시단작가상 심사평
– 수상작 「은유의 힘」

이성호 시인 연보

「동방의 등불」과 유불선儒佛仙

동방의 빛 (기탄잘리 35)

라빈드라드 타골

일찍이 아세아의 빛나는 황금시대에
빛을 밝힌 한 등불이었던 코리아
그 등불 다시 한 번 켜지는 날
동방은 찬란히 세계를 비추리.

두려운 마음 없이 머리 높이 쳐든 곳
지식은 자유롭고
좁디좁은 장벽으로
세계를 조각조각 갈라놓지 않은 곳
말이 진리의 바닥에서 솟아나오는 곳
지칠 줄 모르는 애씀이 완성을 향해 팔을 벌리는 곳
이성의 맑은 물줄기가 무거운 황야
죽음의 습성의 모래벌판에서도 길을 잃지 않은 곳

마음이 임을 따라 항상 폭이 넓어지는
생각과 행동으로 이끌려 전진하는 곳
아버지여, 이 자유의 하늘로 향해
내 마음의 조국 코리아여, 깨어나소서.

* 타골(1861-1941) : 인도의 시성. 1913년 동양인 최초로 노벨문학상 수상(수상작 : 기탄잘리 —신께 바치는 노래). 1929년 동아일보에 「동방의 빛」 게재. 미국의 스티픈 롱 박사는 「동방의 빛」을 예언이라 소개함.

〈시의 구성〉

- 1연(서두) : 코리아는 세계사에 우뚝한 동방의 등불(빛)
- 2연(본문) : 코리아가 등불이 될 수 있는 까닭.
  진리가 사실을 족쇄에서 풀어주는 자유의 하늘(智仁勇, 眞理의 실현)
- 3연(결말) : 자유의 천국을 향한 축원(잠을 깨소서)

* 임 : 이 시의 주인공 (이 몸이 주라고 부르는 사람)
* 주제 : 이 땅에 자유의 천국이 실현되기를 축원함

광야曠野

이육사

까마득한 날에
하늘이 처음 열리고
어디 닭 우는 소리 들렸으랴

모든 산맥들이
바다를 연모해 휘달릴 때도
차마 이곳을 범하던 못하였으리라

끊임없는 광음을
부지런한 계절이 피어선 지고
큰 강물이 비로소 길을 열었다

지금 눈 내리고
매화 향기 홀로 아득하니
내 여기 가난한 노래의 씨를 뿌려라

다시 천고千古의 뒤에
백마白馬 타고 오는 초인超人이 있어
이 광야에서 목 놓아 부르게 하리라.

* 이육사(李陸史) (1905-1944) : 본명은 원록, 활(活), 경북 안동 출생. 독립운동가, 1935
  년 '황혼' 발표(신조선), 저항시인. 17회 투옥, 북경감옥에서 옥사(41세). 대표작: 광야,
  청포도, 절정

〈시의 구성〉
- 1연-3연(서두) : 역사 문명의 시대를 알림 (과거)
- 1연 : 하늘이 열리고 아직 닭이 울지 않았다. (밤)
- 2연 : 광야는 황무지였다.
- 3연 : 비로소 문명의 역사가 시작되었다.
- 4연 : 시인의 역할 (가난한 노래의 씨를 뿌린다.) (현재)
- 5연 : 초인의 등장과 예언 (미래)

* 1연의 '닭 우는 소리'는 5연의 '목 놓아 부르는 초인의 시'
  를 말함
* 주제 : 위대한 민족 시인의 출현을 축원함

I. 서언 (전제前提)

모든 예술은 단순한 모방이나 재현이 아니라, 거울에 비치듯이 앞으로 일어날 세계를 알려주는 미래의 소리이고, 장래를 보여주는 여행이 되어야 한다.(질 들뢰즈)

시는 천계天啓다.(조지훈)

시는 신神의 말이다.(I.S. 투르게네프)

시는 생명의 소리요, 또한 영혼의 노래다.(볼 테르. G.바슐라르)

좋은 시는 하늘(우주)의 뜻을 풀어 밝힌(說) 것이다.(이규보)

위대한 시일수록 위대한 사상과 철학을 담아야 한다.(롱기루스)

좋은 시는 가슴 속에서 저절로 우러나와서 된 시다.(소동파)

직관直觀, 영감靈感, 시신詩神(muse), 접신接神, 다이몬daimonion 등 무심의 경지에서 신명으로 써진 작품일수록 좋은 작품이 되는 경우가 많다.

시는 고도로 압축된 사상과 감정의 결정체이기 때문에, 좋은 시일수록 예언에 가깝거나 예언일 수도 있다.

이 세상에는 모든 시의 뜻이 근본적으로 지향하는 한 사람의 시인이 있다.(R.타골)

타골이 쓴 「동방의 등불」은 예언이다.(스티픈 롱)

타골의 시 작품은 니이체Nietzsche, 윌리암 블레이크 등의 사상과 맥을 같이하는 인간 근원의 본성에 바탕을 두고 있다.(W.B. 예이츠)

「동방의 등불」은 문명사의 대전환을 가져올 새로운 사상과 철학을 말하며, 이는 시를 통하여 완성된다. 「동방의 등불」은 '고요한 아침의 나라(바다)', '그늘과 노래의 미궁迷宮'(기탄잘리48)에서 이루어진다.

Ⅱ. 예언의 실상과 실현가능성

1. 「동방의 등불」(기탄잘리 35) 과 「광야曠野」

「동방의 등불」 본문(2–3연)은 「기탄잘리 35」로서, 이는 「기탄잘리(모두 100편)」 전체의 주제에 해당하는 부분이다.

「기탄잘리」는 1912년 영국에서 발표된, 인도의 시성 타골이 쓴 동양인 최초의 노벨문학상 작품으로 100편으로 된 장편 서사시다. 이 작품은 혼魂의 불사와 죽음을 '영혼의 여행'으로 본 신비적인 작품으로, 주인공 두 사람의 만남과 이별, 화해와 재회의 반복으로 된 비극적인 내용이나, 불굴의 애씀과 눈물의 가시밭길을 걸어 마침내 자유의 천국天國이 이 땅에 이루어진다는 내용으로 되어 있다.

「광야曠野」는 일제침략기 독립투사였던 이육사李陸史의 작품으로 한 편의 짧은 서정시이지만, 문명의 탄생과 성장, 광명과 자유에의 희원으로 인간 구원을 노래할, 위대한 민족시인의 탄생을 축원한 작품이다.

〈두 작품의 닮은 점〉

1) 화자의 일치 :「기탄잘리」에 나오는 주인공인 '임과 이몸'
   은「광야曠野」에 나오는 '초인과 백마'의 관계와 일치한다.

2) 주제의 일치 : 둘 다 겨레의 더없는 영광을 축원하는 내용
   ('자유의 천국'과 '위대한 문명의 시대')

3) 어조와 시점, 분위기의 일치 : 남성적 목소리(전지적 예언적
   시점), 추보식 구성, 온갖 각고와 투쟁을 통한 고통과 화해
   의 몸부림

4) 사상적, 종교적 배경 : 유불선儒佛仙, 우파니샤드와 범아일
   여凡我一如

2. 예언으로서의 실현 가능성

　타골의 말이나 움직임 하나하나는 모두 시詩요, 미美요, 지혜다. 그의 시는 일종의 종교시로서 인간과 신의 융화 · 결합 및 인간 정신의 위대한 승화다.(시집 「기탄잘리」의 표사, 유 영)

　서사시 「기탄잘리」는 임(초인)과 이몸(백마)의 만남(기탄잘리 1)에서 시작된다. 전체의 내용은 서로 가치관이 다른 젊은 두 사람이 가면을 쓰고 만나, (직장 동료임) 만남으로 시작된 사랑과 갈등이 신의 뜻으로('신악神樂'과 '신무神舞'를 통해) 화해와 고난 극복의 과정을 거쳐 사랑이 완성되는 작품이다.

　두 사람은 사귀는 가운데, 뜻밖의 사건("한 순간 번갯불이 휘 번뜩이어 …" 기탄잘리 28)으로 인하여 생리적으로 서로 얼굴을 마주할 수 없게 되는데, 이는 평생 동안 계속된다. (얼굴을 못 보는 이유 : "임의 생명의 촉감이 서로에게 느껴져서, 이 몸의 온 사지가 떨리기 때문" 기탄잘리 4) 그러나, 생의 마지막 부분에 가서 서로 얼굴을 마주하게 되는 '행복의 순간'이 오게 된다.(기탄잘리 44)

　*타골 자신은 내세에 일어날 일(기탄잘리)을 살아 있을 때(전생) 미리 한 편의 서사시로 써 두었다. ("내 사랑이여, 먼 옛날 당신이 마음속에 한 편의 위대한 시를 써 두었다." 원정園丁38) ("전생의 내 사랑을 찾아간다." 원정園丁 62)고 했다.

　"세계의 향연에 초대를 받다."(기탄잘리 16)

　"이 세상 모든 시의 뜻은 임을 지향하는 일이다."(기탄잘리 72)

　"임과 이몸의 노래(시)가 거대한 성관盛觀이 되어 온 세상을 덮었나이다."(기탄잘리 68)

＊ 이 시에서 "온 세상을 덮다." "세계의 대 객실에 나란히 앉았다."는 것은 두 사람의 위대한 작품이 세상 사람들의 구경거리가 되어, 온 세상을 깜짝 놀라게 했다는 것을 말한다. 이는 타골 자신이 작품을 통하여 밝힌 것처럼, 자신의 작품과 함께 주인공인 두 사람의 작품(풀잎, 햇볕)이 한 밤중의 별(기탄잘리)과 함께, 나란히 하여 '노벨문학상' 수상의 영광을 차지한 것을 뜻한다. 그리하여 갈길 몰라 방황하는 현대인에게 새로운 길을 안내하는 '동방의 등불'이 되어, 코리아에서 밝힌 이 빛이 "온갖 장애물을 박차고 달려 나가"(기탄잘리 3) 세계로 뻗어 마침내 새로운 문명사를 창조한다는 것을 뜻한다.

3. 학자들의 주장

1) 「축軸의 시대」와 위기의 극복

「축軸의 시대」(카렌 암스트롱) : 기원 전 500년을 전후로 한 세기, 대략 기원전 900년부터 기원전 200년 사이의 5~600년의 기간(칼 야스퍼스)

'빛은 동방에서 시작'되었으며, 위인(조로아스터, 붓다, 공자, 소크라테스, 노자, 플라톤 등)의 탄생과 그들의 사상이 오랫동안 인류사를 지배했다.

2) 기독교 신의 부정과 초인超人의 등장 (1907년, 니이체)

「짜라투스트라는 이렇게 말하였다」 : 철학을 생활과 접목하여 인간의 내적 과정을 직관으로 묘사한 사상서로, 생명의 외침으로 초인超人의 등장을 예감하여 쓴 책. 19C 이후 서구의 철학과 문학예술에 절대적인 영향을 주었다.

3) 미래학자들의 주장

- 「문명의 충돌」(1996년, 새뮤엘 헌팅턴) "동아시아는 문명의 가마솥이다." "소련의 붕괴는 서구 몰락의 서곡이다."
- 「서구 문명의 몰락」(1996년, 오스발트 슈핑글러) 문명의 서천설西遷說
- 새로운 문명의 탄생을 예고한 아놀드 토인비(1961년)는 「역사의 연구」 마지막 권에서 "역사는 끊임없는 신의 창조활동"으로 보고, 인간이 더 이상 갈 수 없는 막다른 길(A 토플러)에 부딪쳤을 때, 동방에서 "육신화한 신神의 모습으로 나타나는 가르침(儒佛仙)"이 일어난다고 했다.

4) 유불선儒佛仙 삼교三教 일원설一源說

우리나라는 예부터 삼교三教가 한데 포함된 '풍유風流'라는 현묘의 도가 있었다. 이는 삼라만상이 사람과 더불어 함께하여(接化群生) 생성生成 화육化育 하는 것을 뜻한다. 이를테면, 들어와서는 부모에게 효도하고, 나가서는 나라에 충성하며(孔子), 무위로써 일을 처리하되 말없이 행한다.(老子) 모든 악함을 행하지 않고 착한 일을 받들어 행한다. (釋迦)는 가르침이다.

"國有玄妙之道, 曰風流, … 實乃包含三敎, 接化群生, 入卽
孝 出則忠(공자), 虛無爲 行不言(노자), 諸惡莫作 諸善奉行(석가)" (삼
국사기 권4 진흥왕 조)

교敎와 선禪, 그리고 유불도儒佛道 삼교사상三敎思想은 서로 다
른 것이 아니기에, 상호 융합 화극化極(희삼교지병행 喜三敎之竝行)으
로 허심탄회하게 받아들이는 것은 당연하다.(최치원) 스승은 불
성佛性을, 나는 노자老子을 이었으니, 굳이 제비와 오리로 나눌
필요가 있겠는가. 釋老本一鴻 鳧乙何須分 (이규보)

이러한 사상은 김시습, 서산대사, 최제우, 신채호 등으로 이
어져 겨레의 얼로 계승되었다.

5) 도선비결 道詵祕訣

"언젠가 반드시 나타날 천리天理의 실현은 마음을 통해 이루
어지는 진리의 길(儒佛仙)이다." 전원택 지음 「천년의 흐름(2015)」

＊동양의 전통적인 사상과 종교를 통합儒佛仙한 신흥 종교가
나타나 인간의 정신을 일깨우게 된다. 인의仁義와 자혜慈惠, 무
위無爲나 천지자연, 범아일여梵我一如 사상 등으로 인류 공영의
일체감 조성해야 위기 극복이 가능하다.

6) 남사고의 격암유록格庵遺錄

예언서, 3교통합의 신흥종교 출현, 천지 개벽설(지상천국의 후천
세계가 열림)

7) 인간은 모두 신의 자녀다.

세상에는 사랑이라는 하나의 종교만 있다.

(헬렌켈러 자서전에서)

8) 대부분의 혼魂은 죽은 뒤 환생還生한다. (소크라테스 「파이돈」)

너와 나는 하나며, 인간은 신神의 한 부분이다.

(인도 성자 라마크리슈)

참자아의 발견과 영혼의 불사不死, 죽음은 영혼의 여행

(싯다르타, R타골)

Ⅲ. 유불선儒佛仙과 새로운 종교의 출현

1. 유불선儒佛仙의 비교

구분	주요 경전經傳	수양의 목표	수양 방법과 실천 내용	신神, 내세관來世觀
유儒	논어論語 맹자孟子 순자荀子 주자朱子	군자君子 지인용 삼자 달덕 智仁勇 三者 達德	온고지신과 중용 인仁, 인의仁義 존천리 멸인욕 存天理 滅人欲	천신天神, 조상(靈魂) 등 숭배
불佛	불경佛經 (8만4천 법문)	부처 (깨달은 자)	제악막작 제선봉행 諸惡莫作 諸善奉行 비움(空),자혜慈惠, 사선四禪 팔정八定 법문法文	삼생三生 윤회(緣起)
선仙	노자老子 열자列子 장자莊子	진인眞人 성인聖人 지인至人	처무위지사 행불언불교 處無爲之事 行不言不敎 만물제동萬物齊同 도道와 덕德	영원회귀 永遠回歸 (氣)

2. 유불선의 이로동귀異路同歸 주장

도道는 사람과 멀리 떨어져 있지 않다.(道不遠人) 사람은 나라에 따른 차이가 없다.(人無異國) (최치원)

곤륜산에서 옥을 캐는 일이나 여룡驪龍이 서린 심연에서 구슬 캐는 사람이나 마찬가지다.(장자 列禦寇)

불교에서 삼귀三歸, 오계五戒로 사람이 되어 사선四禪, 팔정八定, 법문法門 등으로 무상보리無上菩提의 경지에 이르는 길이나 유교에서 육경六經을 터득, 덕행으로 일천 가문이 선에 들어오게 하거나(千門入善) 인仁으로 나라를 일으키는 일은 같다.

길은 같으나 두 종교의 정수를 함께 어우르지 못하는 것은 그 둘을 허심탄회하게 받아들이지 못하기 때문이다.(최치원)

세 종교의 목표는 같으나, 길(방법)이 서로 다를 뿐이다.

불교의 불립문자不立文字, 교외별전敎外別傳이나 색즉시공色卽是空 공즉시색空卽是色의 이론은 선가仙家에서 말하는 도道나 명名의 비상도非常道나 비상명非常名, 곧 외상外相에 집착하지 말고 실상을 보라는 비유와 같고, 공자의 "나의 도道는 하나로 통한다.(吾道一以貫之)"나 "나는 말하지 않으려다. 하늘이 무슨 말을 하던가.(子欲無言 天何言哉)"의 가르침과 같다.

3. 신흥종교의 출현

1) 천도교天道敎 : 개혁 유교로 인내천人乃天 (天人合一), 경물敬物

(하늘, 인간, 물건)과 천지부모설(以天傷天) 주장 (1860년)

2) 원불교圓佛敎 : 한국형 불교로 불교의 현대화, 생활화, 일원상—圓相과 사은四恩 사요四要 사상 (1916년)

3) 천리교天理敎 : 대물차물貸物借物, 단노(거울설), 신악神樂과 신무神舞, 신의 리理(眞理, 心理, 物理) 실천 (1838년)

* 헐퍼스 하이(helper's high), 마라톤 효과 (runner's high)

Ⅳ. 결어

1. 세계문명사의 변천
2. '동방의 등불'은 실현 가능한 예언
3. 「인간은 혼의 덕으로 선다」(오노 사시찌)

* 텍스트로 쓴 「기탄잘리」는 을유문화사 출간(1996년) 유 영 역서임

'은유의 힘'

 계절의 색채가 녹아 있는 작품들, 인생사의 애환, 희망, 시사적인 것들에 대한 코멘트 류의 작품들이 눈에 띄었다. 신선한 시어들이 심사위원들의 마음을 사로잡았다. 우수한 작품들이 많아 선별하는데 어려움이 많았다.

 예심에 거쳐 올라온 25편의 작품을 압축하여 6편을 뽑고, 다시 압축하여 이성호 시인의 '은유의 힘'을 다시 작가상으로 선정하였다.

 이성호 시인의 '은유의 힘'은 제목 그대로 은유의 힘을 비유적으로 형상화 한 작품이다. 좀 더 자세히 말하면 은유의 가치, 은유를 생성하기까지의 시인이 겪는 고뇌, 그것의 의미, 그것이 가져오는 효과 등을 노래한 시이다.

 은유는 비유의 가장 대표적인 것으로 차이성 속의 유사성이 그 본질이다. 그리고 이 비유는 문학적 범주 이상의 가치를 지

닌다. 그 이유는 그것이 성숙한 마음 – 현실의 복잡성을 관조할 수 있는 마음 – 의 전형적 직분이기 때문이다. 성숙한 마음은 모순·충돌을 수용해서 하나의 새로운 통일체로 〈조화〉시키는 마음에서만 가능하다. 그런데 이 비유(은유)를 생성하기 위해서는 엄청난 상상력이 필요하다. 그것은 차이성 속에서 동일성을 찾아내기가 매우 어렵기 때문이다. 그래서 시인은 고뇌에 빠지고, 그것을 성취했을 때 쾌감을 느낀다. 그 결과는 "세계는 접히는 관계로 얼굴을 들고 손짓을 하"며, 사람들의 "렌즈를 갈아 끼운다." 그래서 "사라져 간 모든 것"까지도 재생이 되어 하나의 존재가 되는 것이다. 은유의 본질을 넘어 그 가치, 고뇌와 의미까지를 비유적 이미지로 잘 짚어냈다는 점에서 그 우수성이 인정된다.

– 「부산시단」 2018. 본심 심사위원장 강준철 교수 (글)

이성호 시인의 연보

- 아호는 오봉五峯
- 경북대 사대 입학('64~) 후 김춘수 교수로부터 시론 강의를 듣고 '현대시연구회' 동아리 활동으로 학보 등에 작품을 발표함. 재학 중 논문 '후진사회에 있어서의 지식인의 역할'('66년), '전환을 위한 시론'('67년) 등을 경북대학보와 국어국문학회지에 발표함
- 군복무(육군 병장 만기전역, '73년)
- 부산시조동인 '볍씨'('74년), '동백문학'('81년) 창간에 참여
- 〈시조문학〉 시조 추천완료('82년), 〈시와 의식〉 자유시 신인상수상('86년)
- 〈부산진문예〉('95년)와 〈청람문예〉 창간('02년)
- 부산 교사 시조연수(제1회) 기획, 주무('01년, 동래교육청)
- 부산교육연수원, 학부모교육원 등의 기관에서 교사, 학부모, 시민을 대상 10여 년간 학교경영, 5차원전면교육학습법, 인문학 등의 강의를 맡음
- 부산문인협회 상임이사, 부회장, 부산시조시인협회 부회장 역임
- 현재 「박약회」 인성교육 추진단 교수
- 부산시내 5개 중고등학교(금곡중 등) 교가 작사
- 청소년글짓기공모(7년간), 청소년예술제(백일장, 시조창경연) 대회장 3년간
- 교직망월회 회장, 부산대교육대학원 원우회장, 재령이씨 부산종

친회장, 청소년문예진흥회장, 부산진구문화예술인협의회장, 5차
원 전면교육 부산회장(연수원장) 맡음

- 일요취미회, 우리문화회, 부산향토문화연구회, 샘과 가람, 새미
시연구회, 석필(수필), 삼양회(종합예술) 회원(동인)

- 현장교육연구논문 전국1등급 KBS교육방송 출연('83년)

- 라디오방송(FM104.9Mhz) 칼럼 발표('09.'10년, 총 85회, 매회
5분간)

- 부산광역시 중등학교 교사, 교감, 장학사, 장학관(동래교육청학
무국장), 화명고, 부산남일고, 기장고 교장

- 부산광역시 교육위원, 교육감 선거에 출마

- 기장고교 교장 재직 중 정년퇴직('08년)

- 성파시조문학상(2000년), 부산문학상(본상, '06년), 황조근정훈
장('08년) 부산시단 작가상(최우수작품, '19년) 받음

- 현재 부산시조시인협회, 부산시인협회, 새부산시인협회, 부산문
인협회, 한국문인협회, 한국시조시인협회 회원

- 저서 : 시조집『오오랜 가뭄 끝에』, 『도덕경을 읽는 나무』, 『꽃물
든 탑을 보며』, 시집『토끼의 발톱에 이는 구름』, 『우리 모두 하나
될 수 있다면』, 『은유의 힘』, 칼럼집『구겨진 종이를 펴듯』, 『행복
은 소리 없이 온다』외 공저 다수